MW01092060

El Relicario Dorado
✍ de Mario ✍

por Gary Stallings
Fotografía por Christen Byrd

Copyright © 2013 Gary Stallings
ISBN 978-0-9851659-2-5

Todos los derechos reservados. Ninguna parte de esta publicación podrá ser reproducida, procesada en algún sistema que la pueda reproducir, o transmitida en alguna forma o por algún medio— electrónico, mecánico, fotocopia, cinta magnetofónica u otro—excepto para breves citas en reseñas, sin el permiso previo de los publicadores.

Una porción de las ganancias de este libro va a apoyar a Fields of the Fatherless.
www.flourishpublishinghouse.com
www.fieldsofthefatherless.org

Traduccion: America Samacoitz y La Familia de Lazaro Chapa

Proverbios 3:3 es tomada de LA BIBLIA DE LAS AMERICAS
© Copyright 1986, 1995, 1997 by The Lockman Foundation Usadas con permiso.

Proverbios 4:20-23 es tomada de La Santa Biblia, Nueva Versión Internacional® NVI®
Copyright © 1999 by Biblica, Inc.® Used by permission. All rights reserved worldwide.

 Que la misericordia y la verdad nunca se aparten de ti; átalas a tu cuello, escríbelas en la tabla de tu corazón.

Proverbios 3:3

Mario era un cordero muy feliz. El tenía ojos curiosos, dos orejas caídas, y un parche de lana suave entre ellas.

El vivía en el Valle Verde, un lugar agradable que tenía un Rey muy bueno.

Cuando Mario no estaba ocupado masticando el pasto tierno, a él le gustaba correr y jugar con todos los otros corderos del rebaño.

Todas las tardes ellos jugaban juntos. Jugar a la escondida era el juego preferido de Mario.

La vida en Valle Verde estaba llena de días buenos, pero los mejores días eran aquellos que pasaban visitando al Rey. A Mario le gustaba hablar con Él. Cuando el Rey lo sostenía en sus brazos, él se sentía especialmente seguro y amado.

 El Rey le había dado a todos los que vivían en Valle Verde un relicario con forma de corazón hecho de oro puro, y adentro de cada relicario tenía escrito, "Te amo, El Rey." Era el tesoro favorito de Mario.

Una mañana brillante de primavera, Mario aprendió una lección importante sobre su relicario. El estaba pastando en un delicioso pastizal cuando él decidió acercarse a una villa por primera vez. "Podría ser divertido jugar a la escondida allí," pensó él. "Tal vez yo podré hacer nuevos amigos". Él mordisqueó dos pedacitos más de pasto y luego comenzó a saltar por el camino, pronto para una nueva aventura.

La Señora Vaca Gruñona estaba rumiando en el campo justo afuera de la villa cuando Mario pasó saltando. "¿Qué estás haciendo aquí?" ella le preguntó. "Vine a visitar tu villa," dijo Mario alegremente. "No nos gustan los extranjeros," mugió La Señora Vaca Gruñona.

Mario paró de saltar. "Todavía podría haber algunos animales simpáticos con quien jugar," pensó él mientras que caminaba lentamente hacia la villa.

Mario caminó hasta el almacén de la villa. "Perdón," le dijo a una gallina que estaba en un cajón. "¿Hay animales por aquí a quienes les gustaría jugar conmigo?"

La gallina cacareó y cloqueó, "!Ja. Ja! ¿Quién querría jugar contigo?" Luego ella se dio vuelta y se echó arriba de sus huevos. Los pollitos que estaban arriba solo le piaron a Mario, "¡Ja! Ja! Ja!"

Luego Mario conoció a Malhumorado el caballo. "Mejor te vas ahora," dijo Malhumorado. "Nadie quiso jugar conmigo, y nadie querrá jugar contigo tampoco."

Mario no entendió. ¿Por qué estaban todos tan tristes? Todos los animales tenían relicarios de oro que se los había regalado el Rey. ¿Qué había escrito adentro de sus relicarios?

Esperando hallar un amigo diferente para jugar, él caminó sin rumbo detrás del almacén de la villa.

"¿Qué estás haciendo en mi corral?" mugió Burlón, el ternero.

"Vine a ver si querías jugar," le contestó Mario esperanzado.

"¡Nunca jugaría contigo!" dijo Burlón. "¡Tu eres una oveja! Todos saben que las ovejas son tontas."

"¿Lo son?" preguntó Mario sorprendido. "¿Significa eso que yo soy tonto también?"

"¡Claro que sí! ¿Tú eres una oveja, no?" Burlón se rió. "Dale, abre tu relicario y yo te lo deletrearé. Mario es T–O–N–T–O."

Mario se alejó de Burlón, el ternero. De repente, él se sintió tonto y avergonzado. Ahora comprendía porque nadie quería jugar con él. El dejó caer su cabeza. El relicario de oro le pesaba mucho más ahora por las palabras nuevas recién escritas.

Mario quería hallar un lugar para esconderse. El se sentía mal cada vez que pensaba en las palabras que estaban escritas en su relicario. "Supongo que esto prueba que soy tonto," él repetía tristemente. "¿Qué pensarán mis amigos? ¿Cómo puedo enfrentar al Rey ahora?"

Finalmente, Mario decidió volver lentamente a su casa. El mantendría su relicario cerrado y no se lo dejaría ver a nadie.

Poco después, él sintió los cascos de un caballo, clac, cloc, clac, cloc detrás de él.

Al mirar hacia atrás, Mario vio al Rey cabalgando hacia él. "¿Eres tu Mario?" llamó el Rey.

"Si," murmuró Mario, mientras continuó caminando hacia su hogar.

"¿Qué te pasó mi amigo?" preguntó el Rey mientras se bajaba del caballo rápidamente.

Tímidamente, Mario lo miró, y vio amor en los ojos del Rey. Sabia que podía hablar con Él.

Mario suspiró, "Bueno Rey, sólo soy una oveja, y todos saben que las ovejas son tontas."

"¿Mario, dejaste que algo más fuese escrito en tu relicario?" preguntó el Rey.

"S–s–si Señor," tartamudeó Mario.

"Déjame ver." dijo el Rey suavemente. Ahí estaba en letras grandes. 'Mario es T–O–N–T–O.'

"Mario, esto no es lo que yo escribí en tu relicario cuando te lo di. ¿Te acuerdas lo que decía antes?"

"Si, decía, 'Te amo, el Rey.' P-pero, soy una oveja, y todos saben que las ovejas son ton..."

"¡PARA!" dijo el Rey, "¡Creíste una mentira!"

"¿En serio?" dijo Mario.

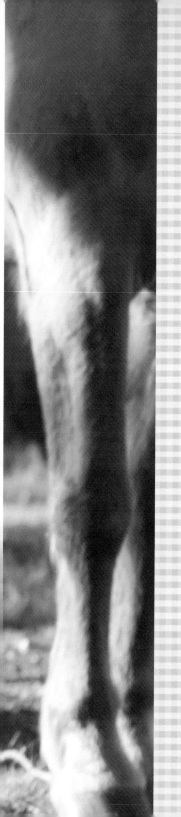

"Si," dijo el Rey firmemente. "Has creído una mentira. Lo que es importante es lo que yo digo sobre ti. Esa es la verdad.

"Debes cuidar tu corazón y proteger las palabras que yo he escrito en él.

"Si me das tu relicario, borraré esta mentira y escribiré la verdad de nuevo."

Así que con cariño, el Rey borró las palabras falsas, y escribió con letras resaltadas, "Te amo, Mario. El Rey."

"¿Quieres decir que no soy tonto? ¿Era sólo una mentira?"

"No eres tonto, y si, realmente te amo mucho"

Con esas palabras Mario saltó de alegría, y abrazó al Rey.

Le agradeció por borrar la mentira y escribir la verdad en su relicario otra vez.

El era la oveja más feliz de toda la tierra.

Hijo mío, atiende a mis consejos;
escucha atentamente lo que digo.
No pierdas de vista mis palabras;
guárdalas muy dentro de tu corazón.
Ellas dan vida a quienes las hallan;
son la salud del cuerpo.
Por sobre todas las cosas
cuida tu corazón,
porque de él mana la vida.

Proverbs 4:20-23

CPSIA information can be obtained
at www.ICGtesting.com
Printed in the USA
LVIC06n2336090314
376659LV00001B/1

9780985165925